Cigale enflammée
fondre sous la chaleur bleue
Solstice d'été

Tu ne regardes pas
la couleur des autos
tu choisis de compter
les fleurs du potager d'en face

Tu n'écoutes pas
le bavardage des moteurs
tu préfères chercher
le petit lézard du balcon

Celui que le citronnier a couvé
tout l'hiver
dans son pot

Bien à l'abri
sous ton lampadaire
tu ne sens plus
chuchoter les nébuleuses
tu n'entends plus
le tranchant du caillou
écorcher ton talon
tu ne vois plus
la lueur de l'écorce
abriter l'odeur du chevreuil

Tu as les yeux
dans ton livre

Peut-être
ça te rassure un peu

Tu éteins

Sommeil
en belle étoile

Un silence
zébré de grillons
se repose
avec le chat
dans ton oreille

Tu ne crains plus rien
tout dort autour de toi
sauf ce têtu moustique
et les deux chats-huants du quartier

Là-bas
dans le jardin
le cyprès s'éloigne
et tu ne sais pas où il va

Le crapaud
sur son caillou
la luciole au-dessus du bassin
chacun questionne
et nul ne répond

Plus haut que nuage
plus profond qu'au loin du ciel
Voler comme on rêve

Le petit écran t'informe
altitude 10 000 pieds
vitesse 928 km/h
cap Nord-Ouest 320°

Dehors par le hublot
l'océan blanc des nuages
t'invite

Tu aimerais marcher
sans bruit
sur leurs vagues

Flotter
autour de la terre

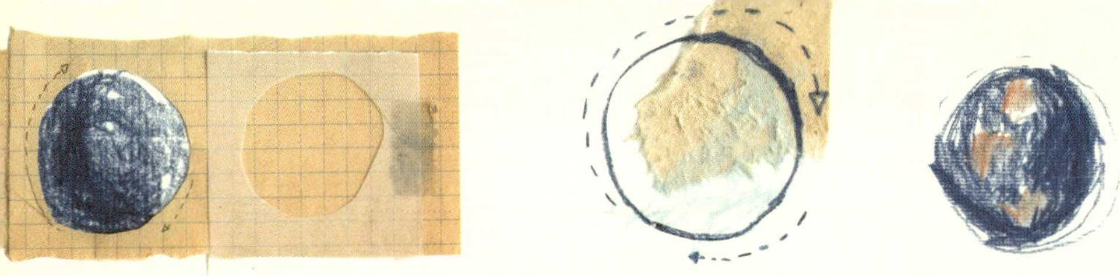

On te l'avait dit à l'école
et répété jusqu'au contrôle

La Terre est ronde
et tourne sur elle-même

Elle se déplace
autour du Soleil
à une vitesse
dont tu ne retiens jamais les chiffres

Tu pourrais faire un effort quand même
au lieu de regarder les nuages

« Les merveilleux nuages... »
chuchote le poème.

La Terre est là
qui te porte
et t'emporte

Dans l'avion
tu ne te sens pas bouger

Rien ne tourne autour de toi

Sauf là-bas,
tout en bas dans ta mémoire
les aiguilles du clocher de Mouans-Sartoux

A la fin des terres
broder au point d'écume
l'ourlet des falaises

Tu avances à tout petits pas
vers le ressac

Soudain
la pente

Un nouveau pas
vite
un autre
et la vague arrive
et la vague couvre tes pieds

Tu t'arrêtes

Tu ne vois plus tes pieds
puis tu les retrouves

Tu ris

L'eau revient
toute en écume

Tu regardes tes pieds
disparaître
apparaître
Tu ris

Tu sais
nous avons été des milliers
des millions
à glisser ainsi dans la vague avant toi
mais tu as huit ans depuis hier
et tu viens de réussir
le premier surf
de ta vie

Cette vague et toi
vous êtes
uniques

Sur la grève à marée basse
tu glanes de petits œufs de granit rose

Un à un
tu les gardes en main
le temps d'en éprouver la douceur
puis tu les enfouis dans ta poche

Cheminant ainsi
tu modifies insensiblement le monde

Cela donne à ta cueillette
un peu de gravité

L'hiver prochain
sur ton balcon
tu contempleras
ton petit jardin de galets
comme on écoute
un frêle écho
de l'histoire

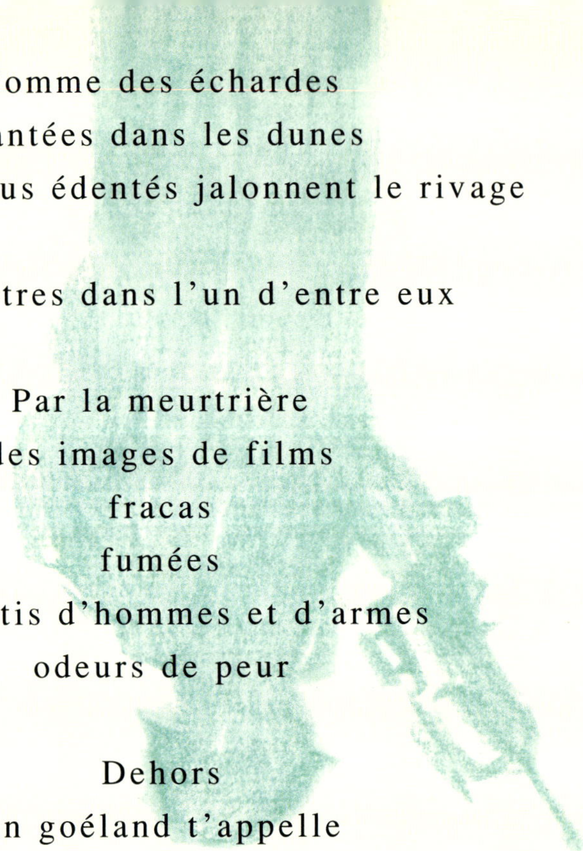

Comme des échardes
plantées dans les dunes
des blockhaus édentés jalonnent le rivage

Tu pénètres dans l'un d'entre eux

Par la meurtrière
des images de films
fracas
fumées
cliquetis d'hommes et d'armes
odeurs de peur

Dehors
un goéland t'appelle

Tu sors en courant

Le vent t'ébouriffe

L'océan
le sable
rien n'a changé

Tu cours

Derrière la haie
il y a le cimetière

Tu lis des yeux
les noms des soldats morts
pour la liberté

Tu laisses juste l'émotion
nouer son mouchoir
à ta gorge
et tu marches
très lentement
parmi les croix blanches

Tu voudrais te rouler dans le sable
de la plage
où ils avaient débarqué
le matin du 6 juin 1944

Il y a des gens
tu n'oses pas

Alors
tu construis
un nouveau château de sable

Après ton départ
la marée emportera ton hommage

Derrière la vitre
bercé par le bruit du train
oublier les rails

Sur le quai
tu vois les rails
jouer au loin
avec tes yeux

Tu t'accroches à ton billet
autant qu'au souvenir
de la leçon de géométrie

« Deux parallèles ne se rejoignent jamais »

Du nord au sud
d'un rivage à un autre
le train te porte
et t'emporte à travers la nuit

Allongé à plat ventre sur ta couchette
et les yeux à la fenêtre
tu résistes au sommeil

Tu veux goûter à tous les mystères

Au lever du jour
entre le rouge Estérel
et le bleu couché de la Méditerranée
le train glisse à roues feutrées

Déjà le soleil étincelle
et la chaleur se tient à l'affût

Prête à mordre

Le chemin de fer traverse la ville

Tu la regardes se refléter
de wagon en wagon
sur les fenêtres

Les hommes vivent dans ce pays
depuis si longtemps

Tu te demandes
qui tu serais
si tes ancêtres n'avaient pas
l'un après l'autre
apprivoisé la terre

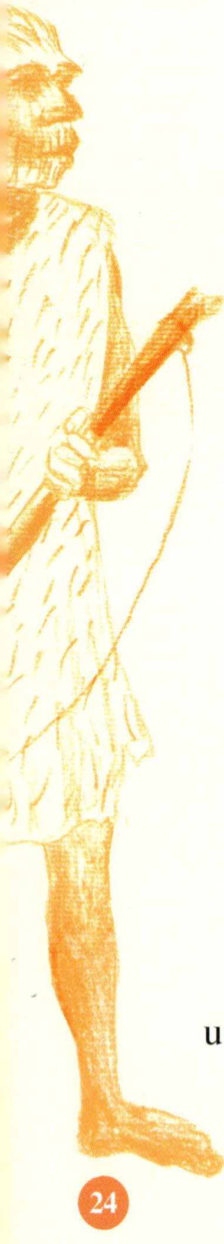

Il y a 400 000 ans
Nice n'existait pas

Nice était un chaud marécage
où chassaient les hommes
des *Homo erectus*

Tu souris

400 000 ans
Terra Amata

Malgré son énormité
ce nombre reste accessible
à ton imagination

Avec eux
le long de ce Paillon
que longe ton petit train rouge
tu as chassé le lion des cavernes

Dans la cabane au bord de la mer
tu as veillé aussi
un des plus anciens feux de notre histoire

Tu es aussi vieux que l'univers entier

Le petit train des Merveilles
grimpe en colimaçon
sous les montagnes

Tu as l'impression de voyager
en escargot

Ta coquille vibre

Tu trembles avec elle

Tu imagines
un chemin de fer
qui
tout au long de son échelle à spirale
te permettrait
de voyager dans le temps

« Tende
Tende
Deux minutes d'arrêt »

Tu es arrivé

Tout est neuf autour de toi

Silence en à-pic
Debout sur le toit du monde
Se suspendre au ciel

Le lac Long
dort sous son édredon
filé d’étoiles

De ton rocher
tu les comptes

Là-bas
comme un couteau
la crête découpe
inlassablement le monde
et tu aurais pu croire à son éternité
si tu n'avais surpris
cet éboulement
hier en montant au Bego

Tu te souviens du fracas
de la poussière
du silence

Ici
rien ne dure

Pas même les montagnes

Une clarté nouvelle
interrompt la nuit

La lueur agrandit son mystère
augmente son éclat

Soudain tu la vois
comme un petit œil d’abord
puis comme un phare

Fleur lune
en pleine ascension

Tu penses
aux anciens graveurs du Bego

Tu te dis que
perchés sur leur lointain néolithique
et
assis sur le même rocher que toi
ils ont vu
eux aussi
la lune apparaître

Tu penses également à tous ceux
qui l'ont observée
avec leur lunette
et à cette poignée d'hommes
qui ont laissé là-haut
les traces de leurs pas

Le temps
a beau mâcher l'histoire
entre ses aiguilles
la beauté de ce moment
lui résistera
aussi longtemps que les regards des hommes

Regarde la lune
Regarde-la bien

Tu te croyais seul à rêver sur terre

Tu lis aujourd'hui
que les oiseaux rêvent aussi
dans leur sommeil

Tu te souviens
qu'ils ont battu des ailes
bien avant que tu ne marches

Le rêve est donc plus ancien que toi

Si les oiseaux sont bien
comme on le pense
issus d'un dinosaure
alors
tu es en droit de te demander
à quoi rêvait cet animal
juste avant d'abandonner
un à un
ses ossements
à la terre

Attendre un poème
assis dans un rocking-chair
Tranquille et heureux

Les couleurs s'apaisent
les ombres étendent le paysage
la douceur te caresse

Après le temps du voyage
est venu celui du retour

Tu n'as pas trop
des dernières journées d'août
pour te souvenir

Les nuages gris coiffent le village
ils écoutent
les martinets noirs
piquer leurs cris
aux derniers refrains des cigales

Malgré ton poids
tu te suspends à leurs vols

Tu attends la fine pluie
qui signera la fin de l'été

Le retour à l'école

Tu l'attends
sans impatience

Avec tes ciseaux
tu découpes un portable
et tu rappelles ton escargot

Il te reçoit quatre sur quatre

Il te parle avec lenteur
d'un tracé d'argent
sans coquille

Tu aimerais
écrire aussi bien que lui

Sur ton cahier
tu écris des mots
tu les barres
tu en écris d'autres

Tes doigts
le soir
témoignent de ton travail

Ils laissent leurs empreintes
sur les papiers fragiles
où sèchent tes poèmes

Parfois le matin
tout en croustillant ton croissant
tu entends bougonner
derrière ton dos

« De la maison à l'école
et de l'école à la maison
chaque jour tu marches
chaque jour si monotone »

— Allons, ne sois pas aussi quotidien,
t'encourage un des vieux platanes de la cour.
Interroge un peu plus
le monde autour de toi

Est-ce lui
qui en fermant les yeux
refroidit le soleil

Est-ce lui
qui en s'endormant
éteint sauterelles et zygènes

Que sais-tu des rêves du lézard
qui ne connaît de l'hiver
que son long sommeil ?

Mouans-Sartoux, 2002-2003.

Dépôt légal : mars 2004
N° d'éditeur : 2008/224
Achevé d'imprimer en juin 2008 par Pollina, 85400 Luçon - n° L47075